新装版

春のお辞儀

長嶋有

書肆侃侃房

新装版 春のお辞儀

1

短日のピアノを噛んでいた子供

見られれば歌うのやめる寒の明け

はるのやみ「むかしこのへんは海でした」

放火魔は少年でした初桜

春昼の知らないうちに切った指
すわる鳥なくて寂しい彼岸かな

端午の日新幹線の唄うたう

右頬に飴寄せたまま夏に入る

フランスパン端まで食べて雲の峰

毒のない蛇をわざわざ観にゆけり

アイスキャンデー当たりが出ればもう晩夏

ジュリエットとロミオ可哀想盆の月

秋晴の交互に絞るボルトかな

枸杞の実や失業したら歩く人

くす玉の割られた後や秋の暮

分度器もち測るものなし初時雨

ポメラニアンすごい不倫の話きく

ストーブは爆発しない大丈夫

年末や仲悪そうに佇んで
ベルリンにただの壁ある去年今年

一光年電子レンジの外寒し

春分や菜箸の柄の縞模様

空腹にガスの炎の淀みなく
口笛やサラダ油と鉄なじむ

花過ぎのひそかに炊きあがる御飯

卵白の取り残されて春の闇

白玉や子供は空を飛べません

顕微鏡の中は明るし半夏生

昼顔や足裏みせて女寝る

雲の峰中古車売場の旗千本

エアコン大好き二人で部屋に飾るリボン

朝ハンバーグ昼ハンバーグ昼花火

夕飯はバームクーヘン夏休み

夏服で楽譜めくってあげる役

グランドピアノ真ん中のドはどれですか

ドーナツを食べ終えし手の甘さかな

海にさかなガンジス川に女の子

短夜や茶碗で飲んで白ワイン

愛犬チャロ四句

秋近しだんだんでなく森終わる

鯖雲や犬の興味は他の犬

4WDの黒さをみる黒目

舌だして犬また急ぐ秋の雷

野分後の少し古びて新都庁

宵闇や電話コードの爪大事

銀紙の裏は白色秋惜しむ

自由だが自在ではない薔薇の冬

ラッパーの順に振り向く師走かな

外灯や氷踏むときだけ黙る

美人だが面食いでしたちゃんこ鍋

フリースに二本線ある初日の出

ブランコしか座るところのない冬日
さかなに骨終わった恋によくよくよする

2

信玄とメカ信玄の散歩かな

かっこいいスポーツカーに顔映す

手をふって歩く大人や花曇

車はカー馬鹿は馬鹿なり恋は春

初夏や少女パスタを平らげる

立ったままキリンよく寝て若葉風

カストロの説教長し夏館

人間と畳を飛んでカマドウマ

七月やなんだといわれ森の猫

目指せばもう始まっている花火かな

県境に立ちたがる人夏帽子

向日葵やパンがないのでケーキ喰う

トマト並べ座っていれば売っている

未使用のストロー軽し夏の暮

短夜の遠くで発光するウラン

秋桜や縁の欠けたる認印

催しの収支とんとん秋日和

助手席にキットカットの朱や晩秋

冬籠切手は左側に貼る

シャンプーの先になくなる師走かな

会津磐梯山二句

わたくしも朝湯大好き上をみる

（ああもっともだ）体は拭いにくきもの

カーテンや暴走族の帰る音
コーヒーや新聞配達いつも一人

氷山のゆっくり氷山でなくなる

喧嘩の後ひろげる包み紙綺麗

押せば出るフロッピーディスク出さぬ春

薫風や助手席にいてチューバッカ

ぽっと出というの楽しい豆ご飯

入梅や女を褒めている女

手押しポンプの影かっこいい夏休み

湯気たててなんかないのという裸

ワールドカップサッカー三句

荘厳な国歌ばかりや心太

夏の夜をまっすぐ進む担架かな

笛鳴って走るのやめた人に風
サンダルで走るの大変夏の星

七夕や隣の家の前も掃く

蜘蛛というより蜘蛛の都合をみておりぬ

溶け残るざらめは舌の下夕立

夜のメトロノーム恐ろし九月尽

としまえん秋という短きものよ
秋暑しわり箸で食うハンバーグ

新月やナカトミビルのよく壊れ

充電式電池の白さ暮早し

歳晩や喜び下手の甲賀者

冬天のはらいの太き愛の字よ

妖怪しばり

猫又と気付かれなくて丸くなる

タラップを引き返す者なくて冬

ギターよりバンジョー軽し小正月

目薬の効き過ぎ効き過ぎ寂しかる

仏壇屋のセール明るし寒旱

3

哀しい目にしか作れない雪達磨

風花や朱肉の残る指の腹

どの家も布団ばさみのバネ強し

真横よりコロッケかじり春来る

春陰や文房具屋で売る玩具

大きなビルから一人でてきた春光

無人なら覗く詰所や桜餅

辿り着くも静かや春の特許庁

青嵐誘拐犯人のモシモシ
図書館に本多すぎてさみだるる

ケロッグの箱眺めたる梅雨入かな

六月や美容師みんな痩せている

昼寝してなんだか動く紙コップ

生きてきて網戸はすぐに外れそう

夏服や夜中に出しに行くはがき
水筒の麦茶を家で飲んでおり

蚊取り線香の台座のたまりけり

夏草やどれでもよくて墓拝む

橋で逢う力士と力士秋うらら

レシートの丸みに秋の日付かな

満ち足りて自分のためにむく林檎
林檎一つむいた側から食べてしまう

バス乗り場からみるバス乗り場暮の秋

冬天や蝶の形の蝶番

そここにずっと住む人冬銀河

松の内のポップコーンの塩気かな

日本の苺ショートを恋しかる
くすぐるのなしね寝るから春の花

控えめな春のお辞儀を拝見す
踊り子が咬む真似をしてチューリップ

ビデオデッキの真実の口春浅し

雛の日の付箋に文字や私のかも

目はいい口はとじて死にたし春驟雨

なめこ汁なめこが熱し機嫌悪し

切る位置にニッパーの刃や春炬燵
草餅や自分で足りているのだし

占いは魚座で終わる石鹸玉

人の家の向日葵自慢する女

うつぶせで開くノートの先に海
片蔭にウィンカーの音の乾きおり

フェラーリの馬は案外落ち着いてる

H《すい》は左He《へー》は右端秋の舟

露寒や立たせれば立つニッケル貨

むささびの爪の健気やむささびも

寒星や楽しかったと先生言う

弾む前のスーパーボールの縞寒し

春休み仲よくしてもお腹へる

朧夜に棚動かして壁である

夏シャツや大きな本は置いて読む

甲板に敬礼の女役立たぬ

南風に広げて地図のおおざっぱ

人間大砲に笑顔で入り夏

4

（新装版増補分）

如月や松井秀喜のノック下手

ディスクジョッキー明るく一人きり春灯

ほうと聞く祖父の浮気や春炬燵

臥しておりて「花見は疲れる」と歳時記も

警察官人形真顔花菜雨

行く春やハム型の凹みハムの函

自転車新品荷台にアメリカンチェリー

現地集合の現地広しよ土用東風

リンカーン・コンチネンタル夏至の夜を右折

まさか単一電池とは夜盗虫

投げやりな夏逝く眼鏡橋をサニー

中年の二段抜かしや今朝の秋

秋めくや下だけ揺れる幟旗

違うよノーベル賞の人だよ月見豆

フランス装のための刃物や鳳仙花
履いていきます靴屋の椅子に背はなくて

大人になったらつかぬはずいのこづち

じゃあいいという断りや冬木立

ラガー等やラグビーボール持つは一人

出世景清関節可動域に雪

先客の卵溶く音クリスマス

眼鏡さらに3Dメガネ着ぶくれて

射撃外した後のクレーや松の内

国語辞典より小さく古語辞典春日

教師《ティーチャー》のチョークかっかっプラタナス

標準にもボンタンにも吹けよ薫風

霾や四角いものを試食する

傷のないピアノ蛙の目借時

よくあがり凧にいつ飽きたらよいか
速そうだ苦そうだテントウムシダマシ

東風に揺れKKKの白頭巾
それは辛い獅子唐なんかうれしそうに

夏至にも夜や菅原洋一のラ・バンバ

サラ・コナーの命拾いや大熱風

斑猫は光らず芝公園は夜

秋暑なり丸く動かす金だわし

測量士の旅は徒歩なり吾亦紅

ビッグコミックオリジナル表紙（『浮浪雲』完結号）
雲ははぐれ女は今日もキャッと笑う

（触れればある）耳は秋思の邪魔をせず

焼き芋熱しポール・マッカートニー長生き

寒椿ブロック塀に歩く幅

貘の池に冬日差し込み貘は留守

サイチョウの看板映えや十二月

「ちょうど良い木の棒」と思う冬の棒

連作集

月に行く

道で拾ったサングラスして月にゆく

白南風やロケットの名はバイオリン

アロハ着て嫌がる犬は置いてゆく

打ち上げは深夜0時やうどん喰う

友人はNASAのTシャツ着ておりぬ

プレハブの管制塔に大西日

銀のボディ銀のリベット星涼し

宇宙服半分脱いで団扇使う
夜半の夏コックピットで漫画読む
夜のロケット点火するとき点火という
成層圏抜けたあたりで眠くなる

内壁に平たくなって居り守宮
名月にダーツの如く突き刺さる
夏の月万歳すれば体浮く
キャンプファイヤーなくても月の唄うたう

宇宙食宇宙で食べて川辿る

砂日傘たててここから夏の海

足跡の一つ一つや海渡る

万緑や地球はさほど青くなく

夏の果クレーターで旗を拾う
頂で取り残された心地する
いろいろな偉大な人のこと思う
飽きてきて素足となりて裏にゆく

片蔭に二人の女手を振りぬ

片蔭になんとなく手を振り返す

とりあえず裸の方を口説きけり

夏の宵自分の国を指差せり

三脚の上にカメラや皆笑う

ラムネ売る人まで居れば一つ買う

月面で月の女にもてて困る

さようなら月のみやげは月の石

大気圏通り抜ければ酷暑かな

月面に忘れしカメラ休暇明け

名月や寝転んだのはあの辺り

JOE COOL'66

ピッチャーマウンドに一面の蒲公英が

初夏や坊主頭の床屋の子

ため息を覚え少年夏の空

ピーナツバターサンドよく噛む悲恋かな

向日葵やガミガミ怒る女の子

犬小屋の上で寝る犬夏の星

秋風やカーリーヘアのおせっかい

ベートーベンマニアで美男秋の晴

ソッピースキャメルを想う秋の犬

暗き夜のかぼちゃ畑の哲学家

南へ六十センチ渡る鳥

バラギ湖へ

オープンカー幌だけ黒し夏休み
かけてみたくなりすぐ返すサングラス
夏雲や後部座席にいて気楽

晩夏光へアピンというカーブの名
湖は律儀に静か夏の午後
水に放る小石のなくて夏の果
日盛りやオールの先の消えてみえて

貸ボート漕がない側にいて気楽
向かい合うと顔ばかりみて稲光

銀行強盗吟行

ストッキングのばしてつまらない真昼
自動ドアの入道雲を割ってしまう
簡単に通るロビーやみすず飴

リノリウムに動かない水たまり

受付に闇あるうららかな

お辞儀して名札は硬し都市に秋

きゃーっという正しい悲鳴彼岸花

謝らず喉ばかりみる九月かな

竜胆や銀行強盗は白昼に

天高し斜めに停まる逃走車

藪を進みナイフは口にくわえけり

指さして南の島ならどれでもよし
サイレンの古い響きよ秋の闇
捕まってゆっくり歩く秋暑し

忍者の昼

山手線で草の定めをふと思う
昼の忍者桜をみたら眠くなる
はりつけば壁涼しくて眠くなる

初夏の回転ドアはわりと好き
時間かけ水蜘蛛はいて薄暮かな

Interior shop

歩きてインテリアショップも歩くもの
木椅子から長椅子みやる春日かな
（少し高い）この引き出しも空である

花冷えや女のめくる生地見本

春愁棚の向こうを行く人あり

元の位置に戻して春の時計かな

外国の電話機重し春更けて

（すごく高い！）値札の文字はヘルベチカ

背もたれとあらば凭れる日うらうら

すぐ座ると叱られている四月尽

蛤のワープ（作・少佐とフキ子ちゃん）

口内ヤケド気にして春のタンク山
囀りやタイムマシンに屋根なくて
春うらら酒樽割れば木の音す

蛤のワープ（そんなに遠くない）

誘拐にもみえて二人の貸ボート

調弦に手こずる午後の氷菓かな

女生徒や手榴弾《パイナップル》は両手で持つ

ワーイという三十代と薄紅葉

凩や巨人の肩の座りにくく

東南戦

風鈴や麻雀牌は整然と

二つとも転がり終えし賽や初夏

洒落ばかり出る対面や鉄線花

かきまぜる手の八本や昼花火

かきまぜて音の無数や虎が雨

南入の声が揃って青簾

初夏のステレオ装置静かなり

SUMMER JAM 2004

拉麺をフォークで食べる正午なり
ピストルをむけたら猫が近づいた
Tシャツと Tって書いてあるシャツだ

つっぷしてケチャップ瓶の前である
夏らしいなぞなぞを出す大人かな
台風にいれあげている背中かな
夜半の夏カセットテープかちゃという

ダビングの終われば海に向かうだけ
恋は油断夜歩くのも夏のせい
（やっぱりさっき踏んだのは蟬だった）
サンダルを手にもっている人に風

なぞなぞの答えはさかさ

アマリリス

補習（extra class）

校門と校舎は離れ憂しと思う

アーチ型校門くぐりまた炎暑

教室に私一人でいて涼し

八月やすることなくて窓あける

向日葵や生徒に混じり教師くる

夏服を褒めたりしない職種かな

花瓶に薔薇一対一でする授業

（先生、それより今夜花火です）
先生が黒板の字を手で消した
どの椅子に座ってもよい夏だった
生徒去れば教師も支度する晩夏

教師去り残る教師の文字（sein）
ふりむけば校舎は古し夏の果

気付く能力

池田　澄子

ナガシマユウに麦茶の句があってね、と、自慢げに言ったことが一度ならずある。出会って何年になるのか、面白い感じ方をする人、面白いことを面白がる人、本気で面白がらせようと努める人、と思っていたら、小説家になっていた。

芥川賞を受けた『猛スピードで母は』、大江健三郎賞を受けた『夕子ちゃんの近道』は、たまたま私もとても好きな作品で、またも人知れず誇らしく喜んでいた。ところが、この人が自分の興味にずっぽり入り込んでしまうと、人が付いていけなくなることがある。作者本人が面白くてしょうがない様々なディテール。彼の俳句は、その些事そのもので、そこがファンには堪らなく嬉しく、また逆に俳人の中には、何、コレ、という人が居るかもしれない、それが作者の個性である。

細かなコトに心躍らせる能力を彼は持っている。その対象のモノやコトに、私もかなり心躍る。例えば最初の頁に「見られれば歌うのやめる寒の明け」とある。ホントだ、人ってそういうものだ。この細やかさと敏感がナガシマユウである。

くす玉の割られた後や秋の暮
ストーブは爆発しない大丈夫

くす玉は割るのが目的の代物だから、普通の人間には割れた瞬間がクライマックス。パチパチ手を叩いて気が済んでしまう。しかし、そうですよね、割られた後、どうしましょう。金銀の細いテープがびろびろ垂れたりして、その下には紙吹雪がこぼれていて、もう球体には戻さない変なもの。気にした人だけの心に残る状況、そして「秋の暮」。こういうことに気が付いて気になっている人、私、好きである。
思わなければ、ただ部屋を暖めてくれる道具・ストーブ。しかし中はごーごー燃えていて地獄のようだ。このストーブは是非とも、あの達磨ストーブということにしたい。薪のあとに石炭を投げ込む、小さな空気穴から炎の見える達磨ストーブ、手榴弾の兄貴のような。でも大丈夫、お母さんも大丈夫って言っていたし。

外灯や氷踏むときだけ黙る
かっこいいスポーツカーに顔映す
サンダルで走るの大変夏の星
朧夜に棚動かして壁である
水筒の麦茶を家で飲んでおり

それぞれホントだなぁと深く頷く。見る人には見えるんだなあと感じ入る。その上これらは説明を要しない。これら、言われないことには気付かないけれど、夫々誰もが経験済みの些事。詩語雅語皆無の観察句である。日常語で、周囲や自分自身の行為を大真面目に描くと、こんなに可笑しいのだ。可笑しくてやがて哀しい、人間の行為である。あぁ私たち、こういうふうに生きてるんだ。この本の中には、長嶋有の気付きによって日の目を見た、モノやコトが満ちている。

分度器もち測るものなし初時雨
ブランコしか座るところのない冬日

今という事実への微かな違和と無聊も、この人の気付きだ。うっかり分度器を手にしての軽い呆然。ブランコに腰掛けるか立ち去るかの屈託。両句、季語が佳い。

句集最後に「連作集」という部分があり、例えば「月に行く」という連作。「道で拾ったサングラスして月にゆく」に始まり、「夜のロケット点火するとき点火という」。そして月に無事着いて、月の石を土産に帰還し、「名月や寝転んだのはあの辺り」と地球から月を眺め懐かしむ。という、とんでもない世界を作り上げて呆れさせてくれる。その本気の、作者の愉しさのお零れを、私もご馳走になった。

控えめな春のお辞儀を拝見す

それにしても不思議な句だ。こういう句、見たことがない。お辞儀に季節があるのかと叱られそうでひやひやするけれど、「春のお辞儀」って、なんかいい。「拝見」していて彼は、とても佳い心持なのだ、きっと。うん、「春」がいい。「春のお辞儀」ってアリだな、と思えてくる。言葉ってホント不思議である。

三月吉日

あとがき

歴史のあるところにはただの雰囲気も生じます。文化は我々を保護し、かつ甘えさせます。歴史や文化を信じるのと疑うのは同時でなければいけない。交互にとか、バランスよくではない、たとえ不可能だと思っても同時にだ、裏と表と同時にカードを切るのだ。というような気持ちで俳句に関わってきました。少なくとも、知った風な態度ではやってきませんでした。

それで、俳句ってのはとても頑丈な詩型だということまでは分かりました。「貫く棒のごときもの」というのが今は俳句そのもののように思っています。

句集刊行に際しては名久井直子氏、池田澄子氏、東京マッハの愉快な三人、「恒信風」時代の仲間、なんでしょう句会の皆に特に感謝を。

二〇一四年三月

長嶋 有

略歴

長嶋有

一九七二年生まれ

一九九四年　朝日ネット（パソコン通信）の「第七句会」で句作を始める。

一九九五年　「恒信風」創刊同人。

一九九六年　ミニ句集『月に行く』。

一九九八年　ミニ句集『春のお辞儀』。

二〇〇四年　ミニ句集『健康な俳句』（以上すべて私家版）。

二〇〇五年　「恒信風」十三号で同人誌を休会。

二〇一一年　千野帽子、米光一成、堀本裕樹との公開句会「東京マッハ」に参加。

二〇一二年　ツイッター（SNS）で句会「なんでしょう句会」を主催。

二〇一四年　同人誌「傍点」を立ち上げる。

二〇一七年　『小説野性時代』野性俳壇の選者に。

二〇一九年　「NHK俳句」選者。

傍点公式サイト　boutenhaiku.com

本書は二〇一四年にふらんす堂より刊行された『春のお辞儀』に増補分を加えた新装版です。

新装版 春のお辞儀

二〇一九年四月二十日　第一刷発行

著　者　長嶋有
発行者　田島安江
発行所　株式会社 書肆侃侃房（しょしかんかんぼう）
〒八一〇・〇〇四一
福岡市中央区大名二・八・十八・五〇一
TEL：〇九二・七三五・二八〇二
FAX：〇九二・七三五・二七九二
http://www.kankanbou.com　info@kankanbou.com

装　幀　名久井直子
DTP　黒木留実（書肆侃侃房）
印刷・製本　シナノ書籍印刷株式会社

ISBN978-4-86385-363-8　C0092